U0112719

研露樓琴譜

羽音

拙園崔應階手訂

佩蘭 凡十四段

其一

[譜字] 良巨ナ上九又上八 [譜字] 雁 [譜字] 良巨ナ上九晶巨ナ又上八 [譜字] 下

十立又下十二佳旬巾巳 [譜字] [譜字] 良巨ナ上九晶佳ナ上八 [譜字] 雁 [譜字] 巾上九

佩蘭 羽

[譜字] 晶ナ上九 [譜字] 上八又上七 [譜字] 勹下九立又下十佳旬巾巳 [譜字] [譜字]

[譜字] 晶卜 [譜字] ナ良旬 [譜字] 上八三爰大ナ [譜字] 省上九又上八 [譜字] 良巨ナ上

九晶ナ上八又上七 [譜字] 勹下十立下十二佳旬小立巾巳 [譜字] [譜字] [譜字] ベナ下

十又上九 [譜字] 午上七良巨ナ九 [譜字] 省上八ナ又上七 [譜字] 立十 [譜字] [譜字] [譜字] [譜字]

ナ佳旬立巾巳 [譜字] [譜字] [譜字] [譜字] 上七七ナ又上七 [譜字] 立十 [譜字] 上九ナ

九大 [譜字] 上七七ナ又上七勹下七八又下九立 [譜字] [譜字] 三尸

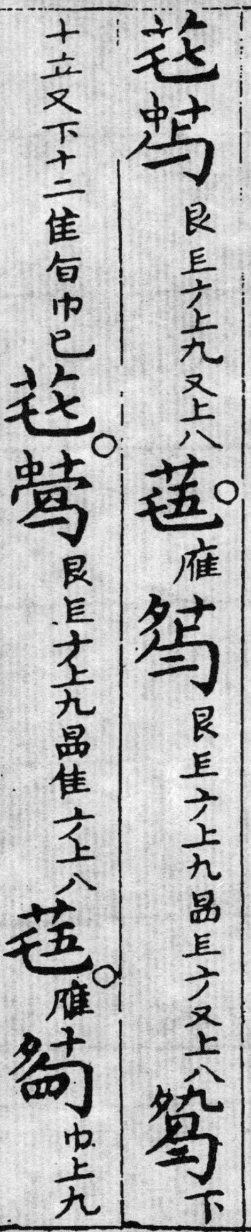

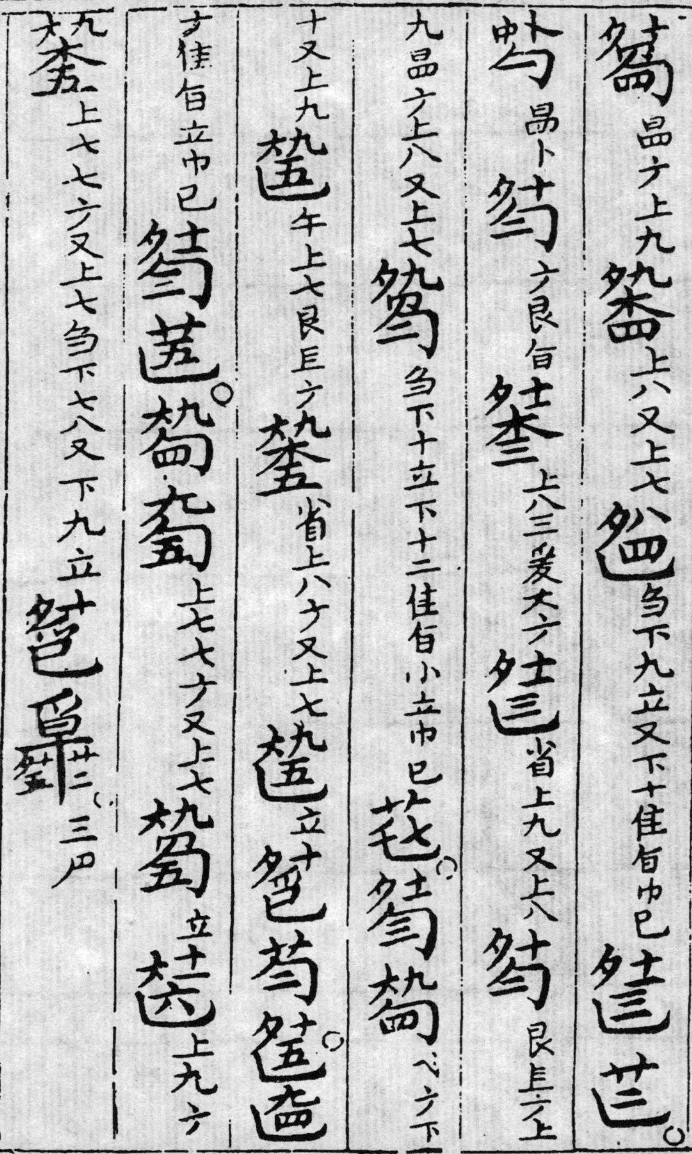

其二

其二

其一

宫音

佩蘭　羽

其三

[illegible]

其三

[illegible]

其四

其五

其五

其四

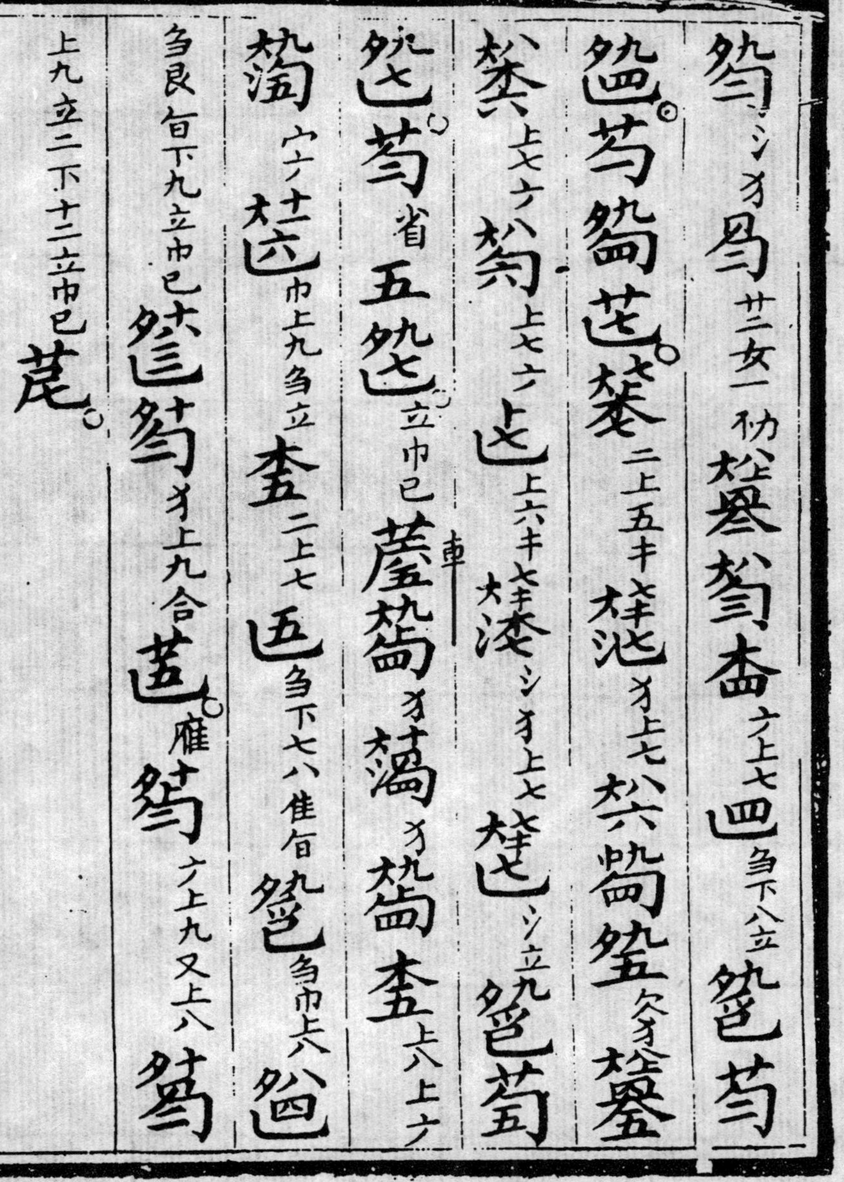

古黑水穆敬止氏重刊

研露樓原本

其六

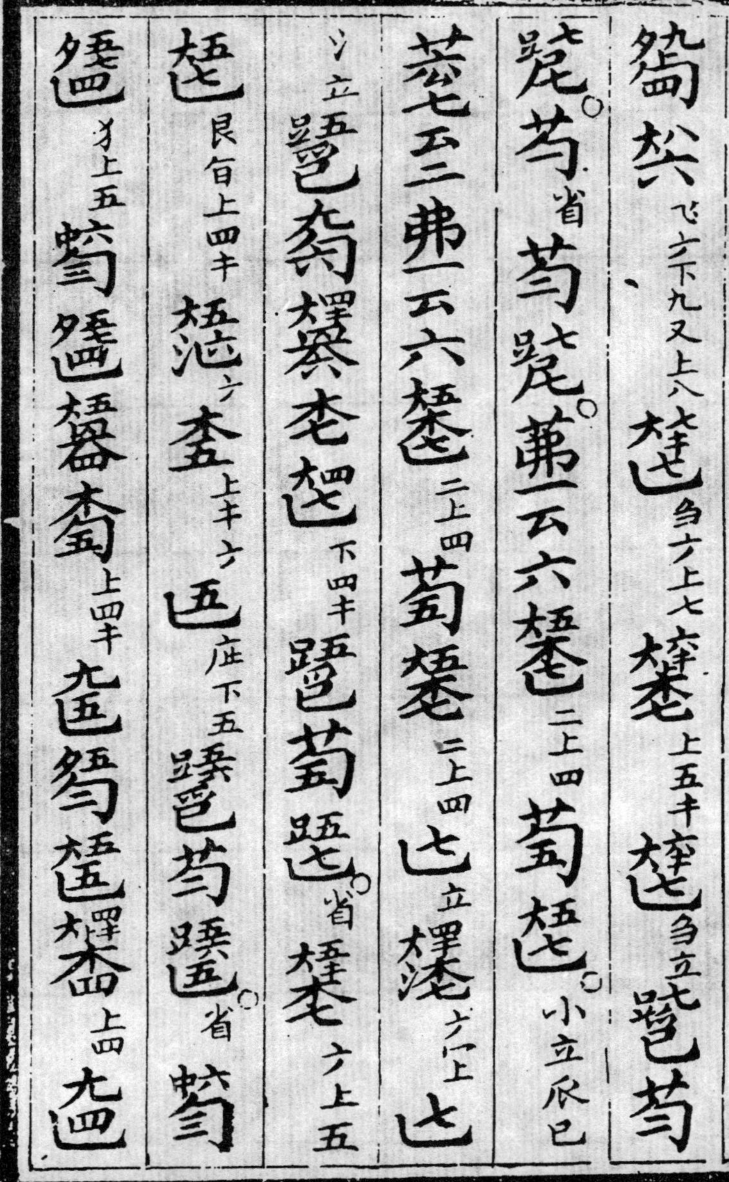

其六

其七

其八

[illegible]

其八

[illegible]

其九

[illegible]

其九

古黑水穆敬止氏重刊

研露樓原本

其六

[illegible]

佩蘭 羽

[illegible]

其十

[illegible]

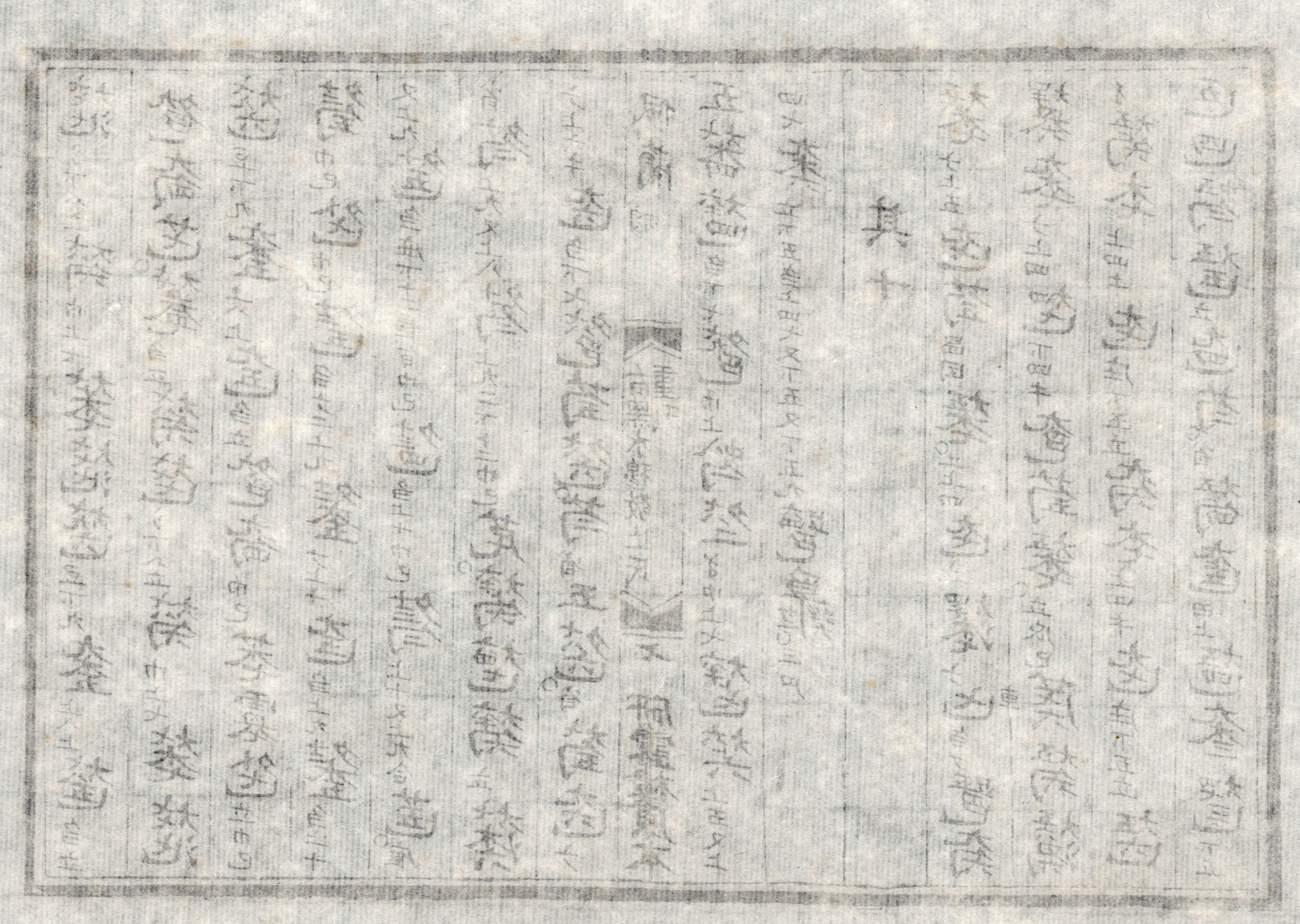

[illegible]

[illegible]

[illegible]

[illegible]

[illegible]

[illegible]

[illegible]

佩蘭 羽

十一

[illegible]

[illegible]

[illegible]

[illegible]

[illegible]

十二

十二

十一

佩蘭 羽

十三

古黑水穆敬止氏重刊

研露樓原本

[illegible]

[illegible]

[illegible]

十三

[illegible]

[illegible]

[illegible]

[illegible]

[illegible]

[illegible]

[illegible]

[illegible]

[illegible]

[illegible]

[illegible]

十四

[illegible]

佩蘭　羽

[illegible]

尾声

[illegible]

[illegible]

[illegible]

[illegible]

[illegible]

[illegible]

[illegible]

[illegible]

[illegible]

[illegible]

[illegible]

十日

[illegible]

段要彈
十空朗
具有月
消之妙

漢宮秋月 凡十六段

羽音

其一

古黑水移敬止氏重刊

一 研露樓原本

漢宮 羽

其二

段彈得
不徐方
嗚咽
之狀

下指俱連回旋應

要感慨對月無心

又上六二□□□□ナ□上七又上六二□ナ下八七旬上七九

□上七又上六二□立下七六□上七□。□□ナ□ 要聯絡不斷方見情思

剔切上七又上六二□ナ下八七旬上七九□上七ナ□爰ナ□

上七又上六二□立下七六□上七□□。□上九ナ上七六 宜珍重一弹下始見牢騷不平

之感又上七□立十□上九□上九又上八□省下十一下十二又下

卜扯□尾。

其三

漢宮 羽

古黑水稼敬止氏重刊 二 研露樓原本

□大ナ□上十一ナ□上十二ナ□省小艮旬□省□。

爰ナ立巾巳□□ナ□ナ上十一□上十二ナ□省□ 至广方得静景

□ナ□上十ナ□上十□上九ナ□豆爰下卜巾巳、□

同□。ナ中□□ナ艮卜旬□□ナ□上十ナ□上十□

上九ナ□□下十又下十二立巾巳□□。ナ□□ナ小艮旬□

□□艮十旬□□。ナ上七六ナ又上七□□□。ナ□上

六半ナ□上五半又上四半□立下七□双ナ下七六旬上七□上七

[illegible]

其三

[illegible]

深宮有見解意

此立要得力 連音

上七 十上六二 十下七六立 十 上七

爰勾十 十 省上七又上六半 十 巴 下七又下七

六立七 十 省上七 又上六半 十 勾立下七六省立

其四

勾十下七六 勾上七 上六半又上五六 十下七六立

省 爰上七又下七六立 爰勾十上六二 十

此三字即小〻

上五六 双立 十上五六 立 上六半

古黑水穆敬止氏重刊 三 研露樓原本

十 十 立 立 爰十 十 十 立

勾十良七六旬 上六半 十 佳旬 爰十 上五半十 下六二

双立 双十上五六 下六卜 勾十上六二 勾十下七六立

下老女聲也

中 省 佳旬 爰十省 双立 十

無言人淡如菊之妙

上七 立 十良九旬 上七又上

細軟下指有落花

六二 十良九旬 上七又上六二 十良七六彳 立九中

上八 十上七六又上七 下九十 上九

其四

勻芃

其五

有更深漏永緩步徐行之致

𫐐犭鴐上十ㄱ鴐省上十⺈犭又上九芍立ナ鴐廿二

有含情忙立之態

女一芍芍ナ又上九𩿨⺈犭尣匐⺈犭上七六匐⺈

犭良旨芍𥑐ナ上七六ナ又上七奩芍芃ナ𦭘上六

キナ𦭶上五六ナ蒟上五𦭶⺈ナ上四三𦭶下五キ𦭶

芍𦭶𦭶𦭶上五六ナ蒟上五𦭶⺈ナ上四三𦭶下

漢宮 羽

五キ匐ナ𦭶下五キ双立芍省𦭶ナ芍𦭶上五

𦭶下五キ双立蒟上五𦭶下五キ双立𦭶上五十又上四七

芍𦭶𦭶下五キ𦭶ナ𠂉芍𦭶上五𦭶上四三𦭶

下五キ双立𦭶上五又上四七芍𦭶爰ナ

其六

𦭶匐匂爰ナ亾上四七𦭶⺈ナ匐查上四七𦭶

ナ匐上五ナ𦭶ナ芍上六ナ芍下六キ𦭶芍ナ芍上七

出星明胡漢兩石而歌

出宮門庭霰懷思

其六

其五

有芙蓉井桐葉聲空吠人跡之

作怨聲也要彈得清疾

此宮中小環背效群女

此處要輕脆活變

漢宮 羽

其七

[illegible]

其人

[illegible]

其八

漢宮 羽

此處或王勾俱用活旨

晨時思之無計高飛

其八

[illegible]

其九

[illegible]

漢宮

[illegible]

其十

[illegible]

要彈得悽楚小憫宮中見君三十

[illegible]

十一

漢宮 羽

此吟要悲傷

古黑水穆敬止氏重刊

研露樓原本

[illegible]

十一

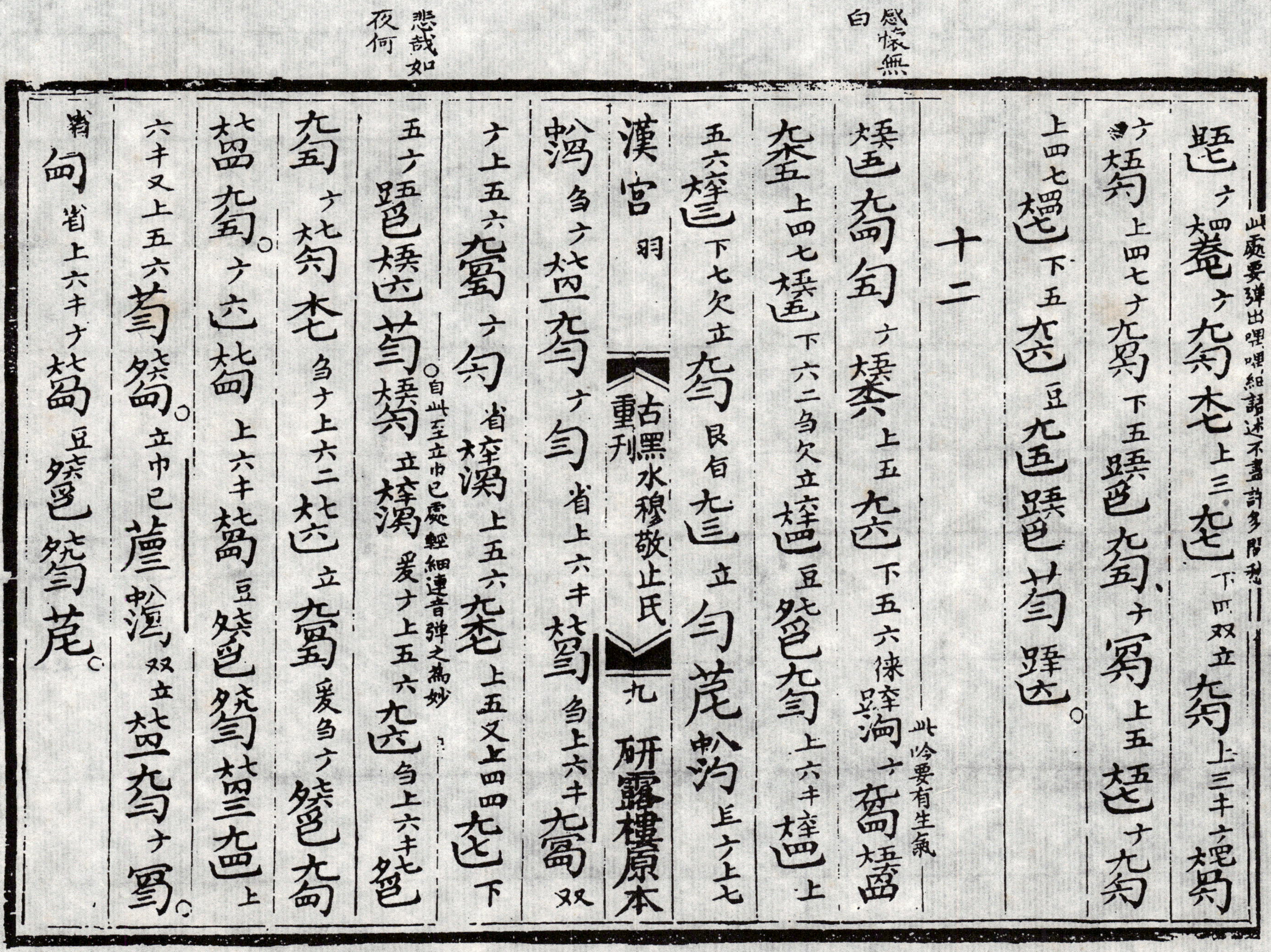

此處要彈出哩哩細語述不盡許多閑愁

感懷無白

十二

此吟要有生氣

古黟水穆敬止氏重刊

九

研露樓原本

漢宮 羽

自此至立巾已處輕細連音彈之為妙

悲哉如夜何

至尾要徬徨幽無窮惱内
似拆鸞冷

十三

爰ナ上六二　立　紂下七六立

罨重　ナ　ナ　再上少許　下七六立

ナ上六二　立　紂　上六半又上五六半　下七立

爰ナ　ナ　下七欠立　艮旨

上六半　紂上五六　下七欠立　艮旨　立

ガ　省上六半　上七　小双立　上七

漢宮　羽

古黑水撰敬止氏重刊　十　研露樓原本

ナ　上六半下七立　氵　廿五女一

十四

ナ上六二　立　紂上六二　豆　艮ナ

豆　ナ上六二　上五六ナ　下六二

夕立　双ナ上六二　豆　双ナ　立

此息要緊　省上六半　此吟留心承上接下節奏所關　ナ　夕立　上七

上六半下七立　廿五女一　上六二　爰ナ

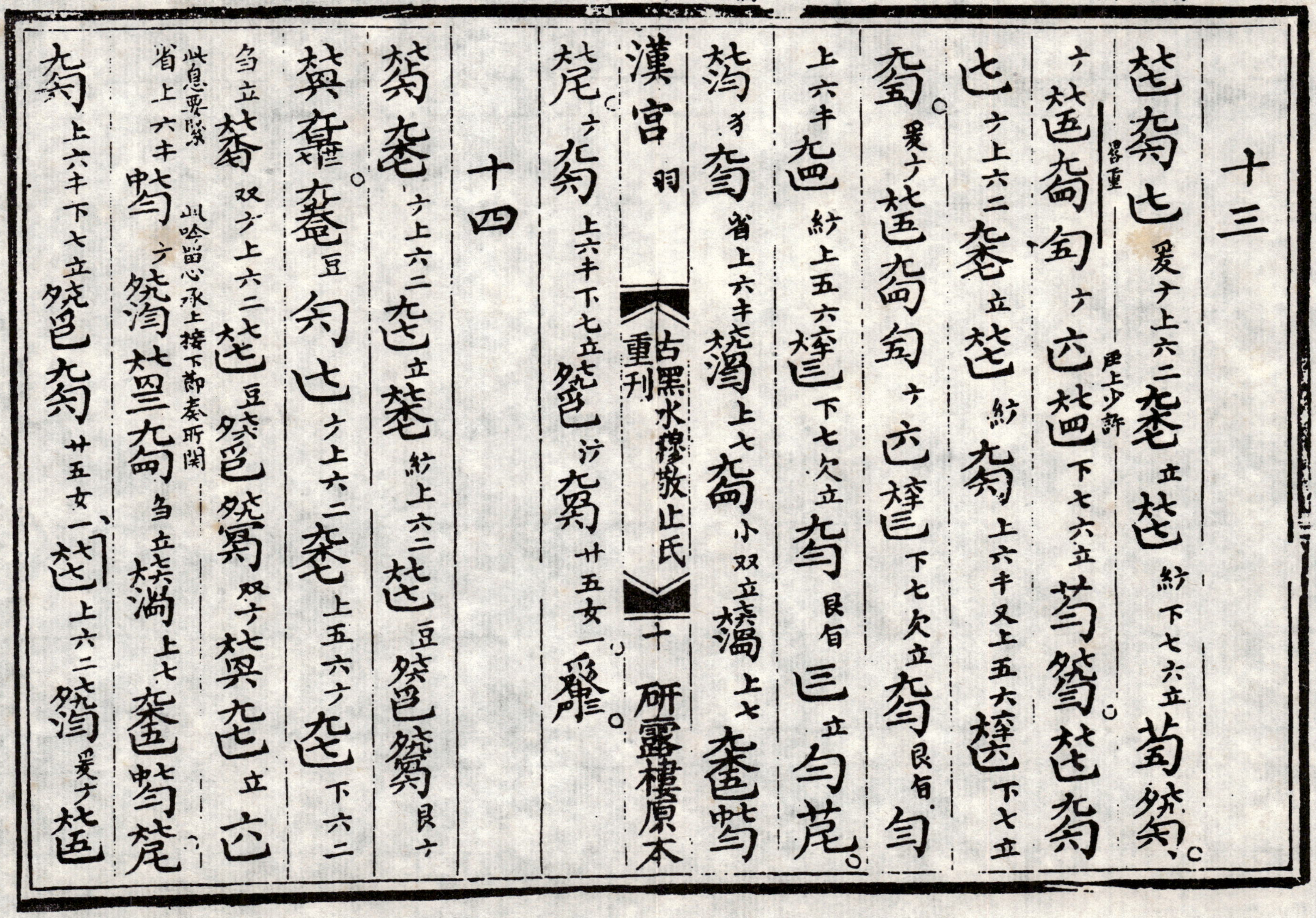

十四

十三

此宮中韌女聲要弾得悲而有絛

豆 以丁 作七 上六二

悱而有絛 上六十 下七 上七 豆

上八 上九 上九

十五

跌宕 上七 省 下七六

省上七又上六二 下七六又下九 豆 省 上六二 省 勻立

漢宮 羽

古黑水穆敬止氏重刊 十二研露樓原本

豆巾巳 上八 此處要弾出空階寂寂惟有 立 从丁 作

下九旬八 下九立

閑看月之意 豆 上七六又上七

十六

上六二 下七六双立 豆 省

四 上九又上八下九又下十

上九 豆 下 大立

丁口起
冤有更
孟魂涼
人狀

[illegible] 囗 [illegible] 省 [illegible] 囗

[illegible] 上七七又上七 [illegible] 上六二十又上五六 [illegible] 囗

[illegible] 省 [illegible] 絃 [illegible] 卜上五六 [illegible] 卜十 [illegible] 上六

[illegible] 上六二十又上五六 [illegible] 省 [illegible] 卜上五六

[illegible] 卜十 [illegible] 上六十 [illegible] 卜上七 [illegible]

乙 [illegible]

畢

漢宮 羽

古黑水穆敬止氏重刊

十二研露樓原本

雉朝飛 凡十四段

羽音

其一

泛音 芍垚勻五。㕓 从豆下乍。芍尼五勻五。勻芍

尼五勻五。尸勻苟勻苟 佳巨ㄏ 暴 省上

九巨ㄏ又上七六立下九又下十艮巨ㄏ 暴 隹ㄏ午上八史下十一 暴 下十一百

上十又下十一爰犭巾巳 煞 省 萄煞蘆 品隹巨ㄏ 緰 爰

ㄏ上十 緰 午上十 煞 犭 暴 省上九巨ㄏ又上七六立色丁十 暴

上九ㄏ庄下十 暴 下十一百上十又下十一爰巨ㄏ巾巳 爰 省 芍 煞。

奆篙 爰卜犭 芍畚 色上十 緰 ㄏ巾巳 篙 爰卜犭上十

苣。 㖞上九 芍 上九巨犭 芍 下十一百上十又下十一爰巨ㄏ巾巳 芍

勻尼。

其二

泛音 芍 爰ㄏ上十艮十百 芍 省 芍 於 芍。廿二女一 芍 省 芍 ○ 𡕢

[illegible]

其三

雅飛羽

此下七立音要速如電光方無痕迹

三字至

[illegible]

古黟水穆敬止氏重刊 二 研露樓原本

其三

其四

中音 [illegible]

要作叠泼 [illegible]

此三弹

此處稍疾

疾音 [illegible]

其五

古黑水穆敬止氏重刊

其五

其日

雉飛　羽

其六

其六

上六十下六九大豸 [illegible] [illegible] 省 [illegible] [illegible] [illegible] 上六十 又上五九 [illegible]

廿二女一 [illegible] [illegible] [illegible] [illegible] [illegible] [illegible] 廿二女一 [illegible] [illegible] 上五

又上四十 [illegible] 廿二女一 [illegible] [illegible] [illegible] [illegible] [illegible] 廿二女一 [illegible]

[illegible] 下五 又下五九 [illegible] 廿二女一 [illegible] [illegible] [illegible] 廿二女一 [illegible] [illegible]

下六十 又下六九 上六十 又下六九 [illegible] [illegible] 廿二女一 [illegible] [illegible] [illegible]

[illegible] [illegible] 上六三 [illegible] [illegible] [illegible] [illegible] [illegible] 上七 [illegible] [illegible]

[illegible] [illegible] 省上六十 又上五六 [illegible] 下七上六十 又下七 [illegible] [illegible]

雉飛 羽

廿五女一 [illegible]

其七

跌宕 [illegible] 上七 [illegible] 省上六二 [illegible] [illegible] [illegible] 上六二小五 [illegible] [illegible] 上七

下七六 [illegible] [illegible] [illegible] [illegible] [illegible] [illegible] [illegible] 下七六 [illegible]

[illegible] 下八 [illegible] [illegible] 下十一 又下十二 [illegible] [illegible] [illegible] [illegible]

[illegible] [illegible] [illegible] [illegible] [illegible] 九 [illegible] 下九八 [illegible] [illegible] 下十一 [illegible]

[illegible] [illegible] 上十 [illegible] [illegible] [illegible] 上十下十一 [illegible] [illegible] [illegible]

其十

[illegible]

其八

[illegible]

雉飛　羽

[illegible]

其八

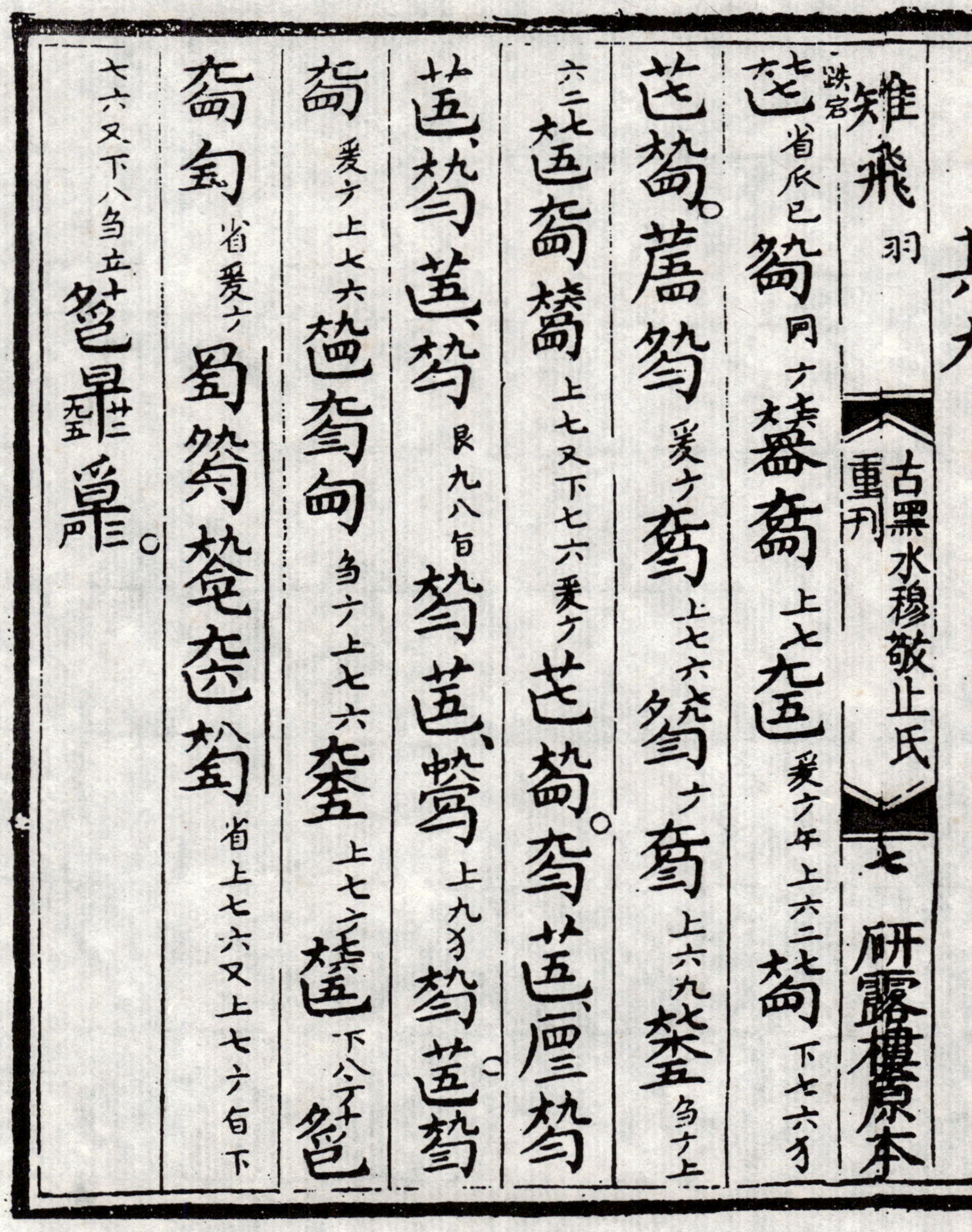

其九

雉飛 羽

[illegible]

其七

其十

十一

雉飛 羽

十一

十

十二

十三

十三

十二

[illegible]

十四

[illegible]

[illegible]

畢

是曲陳夒桐所授張渭川者愛桐不授其嗣星源而授渭川以渭川能盡其妙也可見先輩惟賢是取

不私于其子如此渭川既授於余余亦不欲湯傳於世因畄譜焉理是譜者宜細賞其音勿輕改一字斯為千古同調之幸耳

不松于其中各其調三弄換於今

今亦不欲過事於其間因留諧譜魂理

是譜有宜當實其音分輕設一字

時落千古同調久矣耳。

烏夜啼 凡十段

羽音

其一

[illegible]

古黑水穆敬止氏重刊

研露樓原本

[illegible]

其二

[illegible]

[illegible]

其二

[illegible]

[illegible]

[illegible]

[illegible]

[illegible]

[illegible]

[illegible]

[illegible]

[illegible]

[illegible]

其一

[illegible]

[illegible]

上五六又上五

三又上四

小立

省上五六又上五

勻莊。

其三

烏啼 羽

九多双立

六半

細玩之乃多三立也此音宛似漢宮秋胡女

其三

廿三女 方 方拾

一上七又上六 方 省上七 省勻上七又上六半方

立七 卜才夊前音勻上七又下七半九

其四

勻上九才下九半又上九白下九半勻方 双方

省 立 省上九勻上八方九

下十才 省 方省

烏啼 羽

省 方上八三 双卜上七 午上六

省上六半又勻上六方二上須倍勻 下六九又上六半勻方又下

六九七

其五

巳七 省

正七 小立七 廿三女一

其六

[illegible] 廿五女一 [illegible] 匀上

六四 [illegible] 省 [illegible] 上五六匀上五又上四半 [illegible]

省上五 [illegible] 省上五 [illegible] 匀上四六 [illegible] 立匀下五六 [illegible]

从丁丂匀二作 [illegible] 上五 又匀上四六 [illegible] 省上五六

[illegible] 省上五六 [illegible] 上五六 [illegible] 匀上五十 [illegible] 豆下六匀上五六匀十又下六立

[illegible]

烏啼 羽

其七

[illegible] 匀十上六二 [illegible] 匀上六 [illegible]

廿五女一匀上五十又上四六 [illegible] 廿五女一 [illegible] 廿五女一 [illegible]

[illegible] 紂 [illegible] 立 [illegible] 匀十 [illegible]

上四半又匀上四 [illegible] 紂五 [illegible] 十 [illegible] 午上四 [illegible] 十

[illegible] 上四半匀十 [illegible] 十 [illegible] 上四半又上四 [illegible]

紂 [illegible] 匀立 [illegible]

其七

其八

其八

鳥啼 羽

其九

其十

茍夿茍省䒳豆笆九鶖勻䒤夿 爰十上七六小立

䒳䒩上七六九下八三才茍勻五茍莄鶖䒮鳌上

八才九䒻鶖上八九下八七才莄鶖莄鶖笆笆下十二爰

才巾巳茍勻乍勻尼䒩五茍団䒩五小立九䒻鶖上九

芑啓勻旨上八ナ又上七莄鶖莄鶖䒩䒮鳌上七

六上七夌洒洇浥汇逐紘勻接挑斜注六九走而不定茍省上

八爰才鶖䒤爰十上十省大艮旨鶖上九才鶖才下十鶖

烏啼 羽

苣鶖鶖䒤茍䒩鶖勻勻鶖鶖鶖 爰勻

ナ上八三䒳鶖爰勻卜才上七鶖才上六七䒩五勻ナ午上六七四

鶖上六丰又上六ナ下六八徠ナ九笆茍五四䒤巳䒤

匀䒤省五鶖䒤䒤正

费